阿嬤，不要忘記我

楠章子 著
石井勉 繪
陳瀅如 譯

每次放學回家，第一件事情就是進房間去找阿嬤。
我總是對阿嬤說個不停，
像是玩單槓後翻卻翻不過來，或是數學題解不出來……
「嗯！嗯！然後呢……」阿嬤都會細細的聆聽。
然後，對我說：
「小翼，沒事沒事的。」

被媽媽責罵的時候，
我也是直接跑去阿嬤房間。
我最愛哭了，一直哭個不停，
阿嬤總會輕輕摸摸我的頭說：
「沒事沒事的。」
我最喜歡阿嬤了！

一開始，是發生在餵狗狗可可吃點心飼料的時候。

「阿嬤不知怎麼了，一天餵了好幾次。」

媽媽歪著頭，一臉納悶的樣子。

過不久，又發生了這樣的事。

「小翼，今天學校放假嗎？」

「阿嬤，今天是星期天啊！」

「啊！這樣子呀！原來是星期天！」

沒多久，阿嬤又過來問我：

「小翼，今天學校放假嗎？」

感覺阿嬤好奇怪，不過我還是好好回答：

「今天是星期天啊！」

「啊！這樣子呀！原來是星期天！」

阿嬤的表情看起來像是第一次聽到小翼的回答。

每年一到秋天，阿嬤會打起毛線。
在冬天來臨前，織好爸爸的毛衣、媽媽的圍巾，還有我的帽子。
可是，今年卻進度大落後。
織好又拆掉。
織好又拆掉。
織著織著，常常想一想，又整個拆掉。
阿嬤小小聲自言自語：
「忘了織到哪兒啦……」
又微微嘆了一口氣：
「好多事頭腦都不清楚了……」

我知道為什麼阿嬤頭腦不清楚。
因為阿嬤得了一種叫做「全都忘光光」的病。
這是爸爸媽媽告訴我的。

春天來臨。

有一天，阿嬤將一大瓶的草莓果醬全都吃光光了。

明明有一大瓶裝得滿滿的，

那是媽媽親手做的，無比好吃的草莓果醬。

我和爸爸都捨不得吃，每次都只吃一點點……

「阿嬤討厭啦！」
看到我生氣，阿嬤一臉困惑的看著我。
我不是故意要讓阿嬤難過的。
可是，我就是忍不住生氣！

夏天來了。

隔壁鄰居的伯伯，火冒三丈的跑來我們家。

「喂！你們過來看看！」

我和媽媽跟著鄰居伯伯走過去。

鄰居伯伯家的花都被折斷了，

泥土也整個翻到地面上。

「這些，是……我們家阿嬤弄的嗎？」

「就是啊！」

「對、對不起！」

媽媽低頭著鞠躬道歉。

我偷偷瞄了一下房間裡，花朵和泥土散落一地。
阿嬤滿手滿臉都髒兮兮的，
一個人孤伶伶的坐在房間角落。
「阿嬤喜歡這些花吧。」
媽媽拿著濕毛巾輕柔的擦拭著阿嬤，
而我只是在一旁靜靜的看著。

秋天到來。

阿嬤拉開衣櫃的抽屜，
一個接一個，全都拉開來看。

「阿嬤在找東西嗎？」

問完，阿嬤回答我：

「在找米果啊！」

可是米果並不會放在衣櫃裡，
衣櫃裡都是襯衫和襪子等衣物。

「是不是放在那裡？」

我指著擺放碗盤的櫥櫃。

「是嗎？」

阿嬤一臉疑惑的樣子，
繼續在衣櫃抽屜裡東翻西找。

「找到了！找到了！」

阿嬤從衣櫃抽屜裡拿出了一包塑膠袋，
袋子裡頭裝著一些栗子。

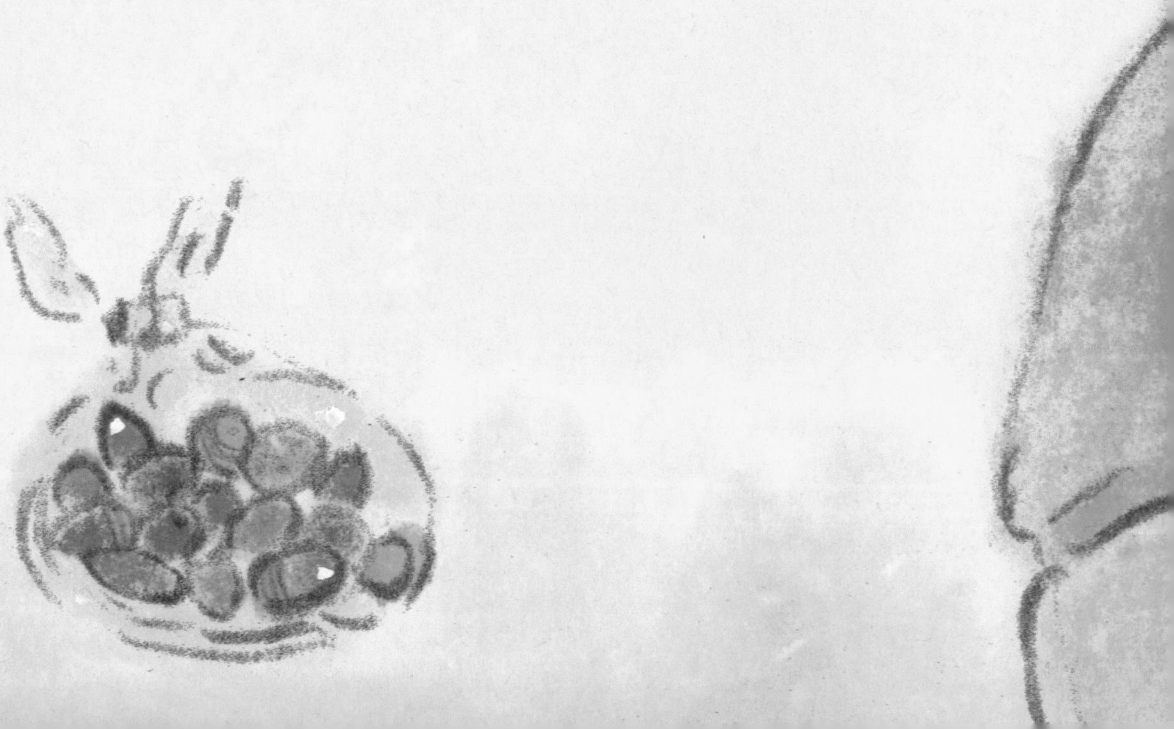

「來，吃吧！」
阿嬤將栗子倒進暖爐桌子上的菸灰缸裡。
「阿嬤來泡茶喔！」
接著將熱開水沖入茶壺中。
我往茶杯裡一望，嚇到說不出話來。
我趕緊再打開茶壺的蓋子一看，
茶壺裡裝的不是茶葉，而是枯葉。

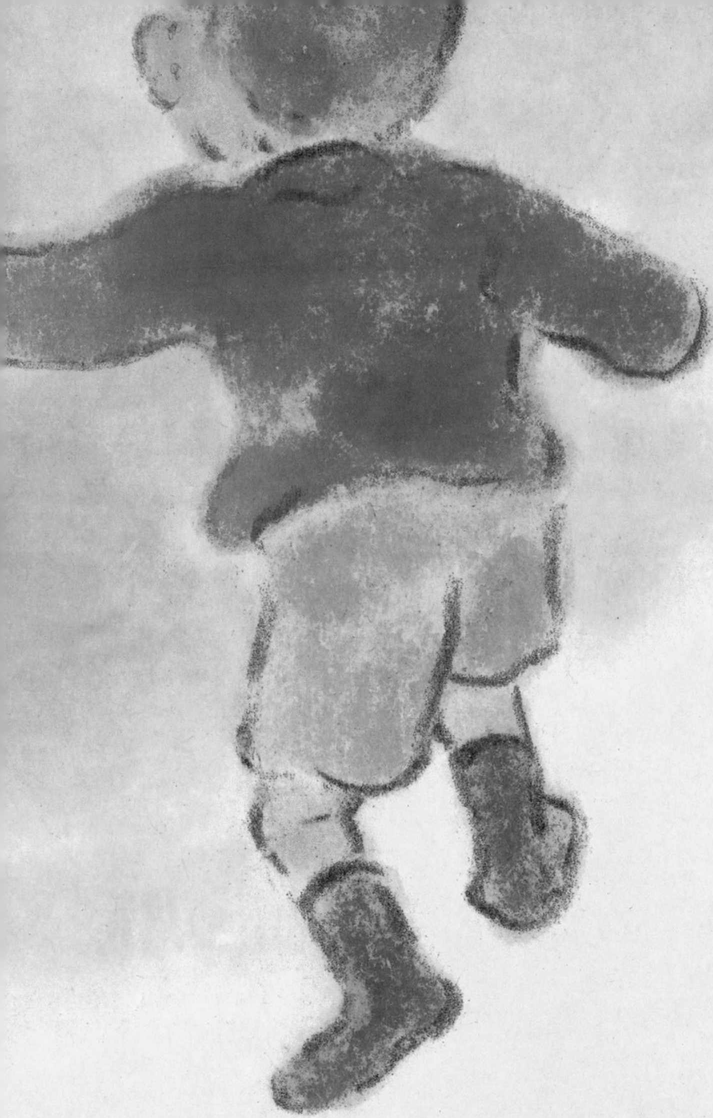

「來，來喝茶。」
阿嬤端給我一杯用枯葉泡的茶。
「我才不要喝呢！」
我逃跑似的奔出房間。

「要常常陪在阿嬤身邊唷！」
媽媽這麼囑咐我……
然而，秋天即將邁入尾聲，我也漸漸不再進房間看阿嬤了。
放學回家後，馬上就回到自己的房間。

今天天氣好冷，連庭院裡的水塘都結冰了。
這天，阿嬤不見了。

媽媽慌慌張張的，沒穿大衣就跑了出去。
「咻！咻！」屋外颳起陣陣寒風。

我待在家裡等著，也許阿嬤會回來。
整個家都靜悄悄的，感覺有點恐怖，於是我打開了電視。
電視節目裡的人，大家都在笑。
最後我又關掉了電視。

我跑到阿嬤的房間瞧一瞧。
有一股打開色鉛筆盒時撲鼻而來的氣味，
還有阿嬤的氣味。
在暖爐桌子上，放著一支鉛筆。
我打開櫥櫃的抽屜，想將這支鉛筆收好，
卻發現抽屜裡頭裝滿了白色小紙條。

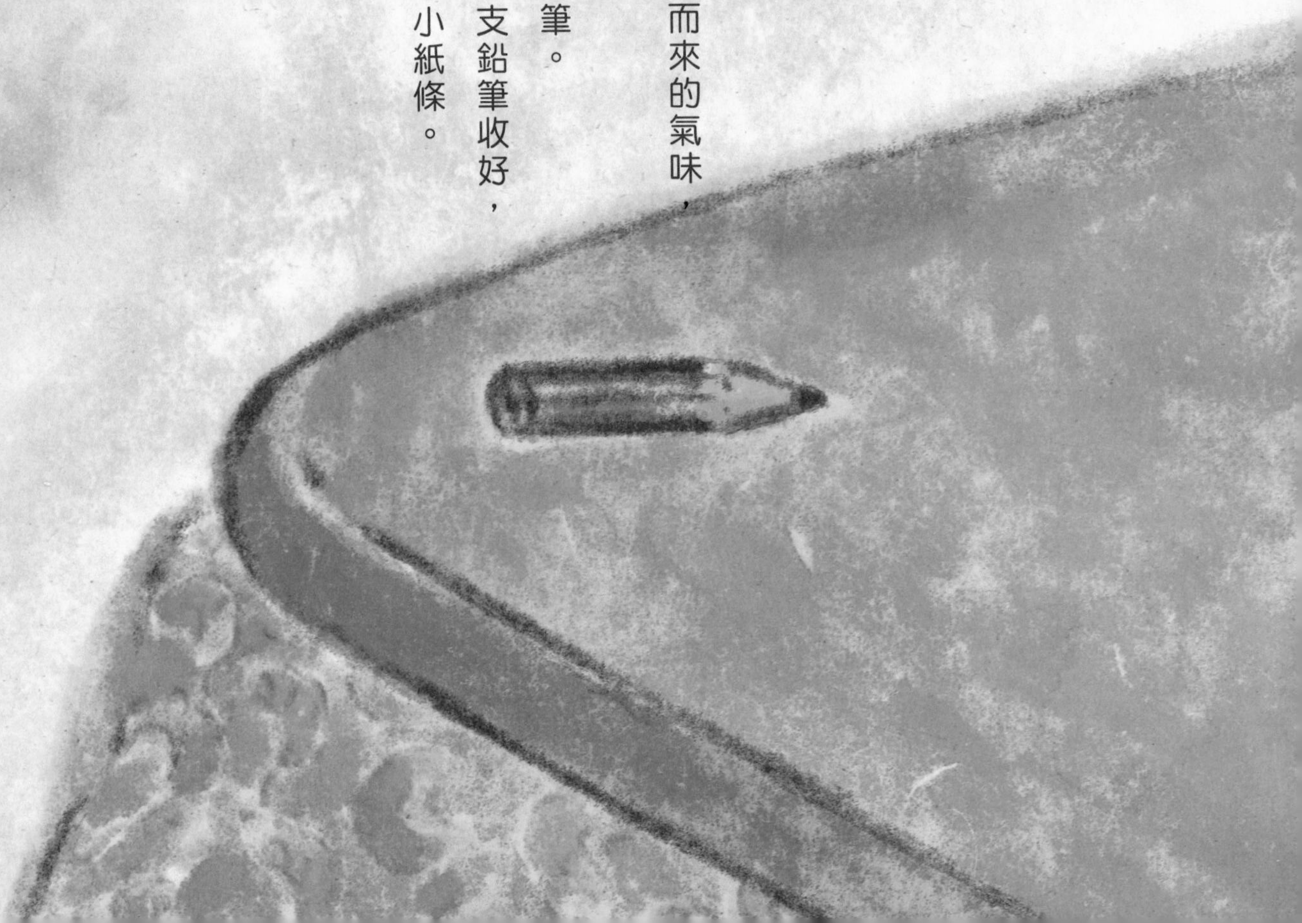

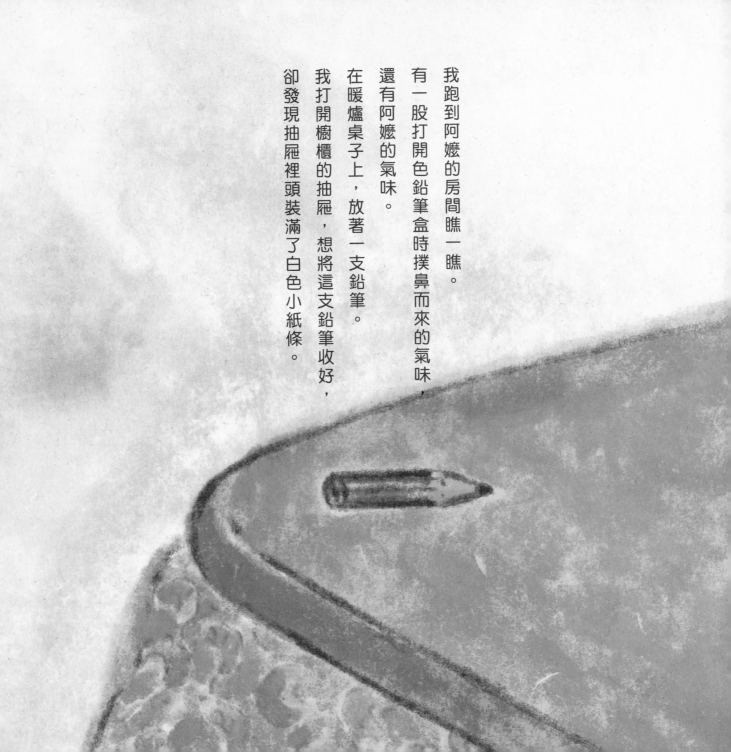

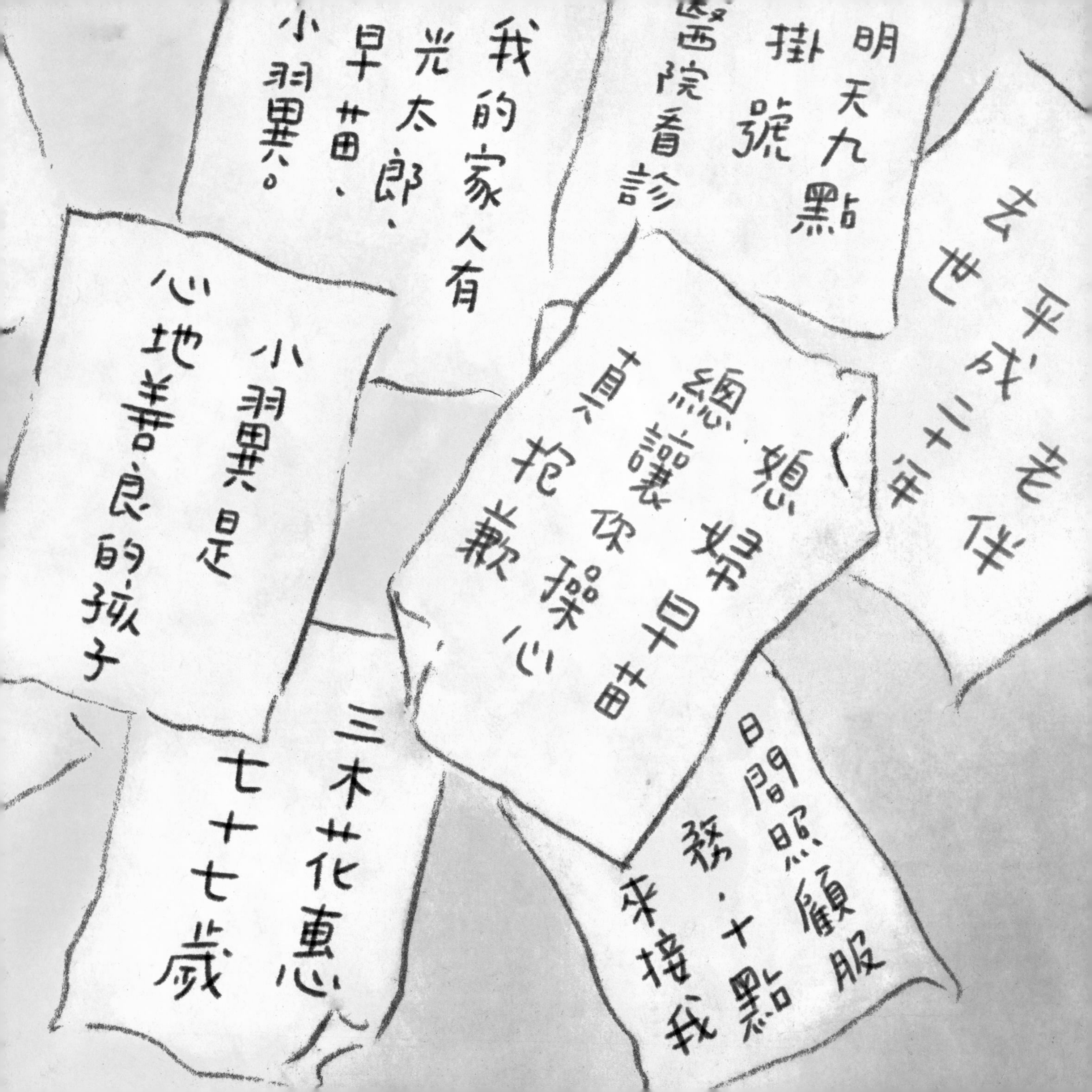

明天九點掛號醫院看診
我的家人有光太郎、早苗、小羽翼。
平成三十年老伴去世
想娶早苗 總讓你操心 真抱歉
小羽翼是心地善良的孩子
日間照顧服務，十點來接我
三木花惠七十七歲

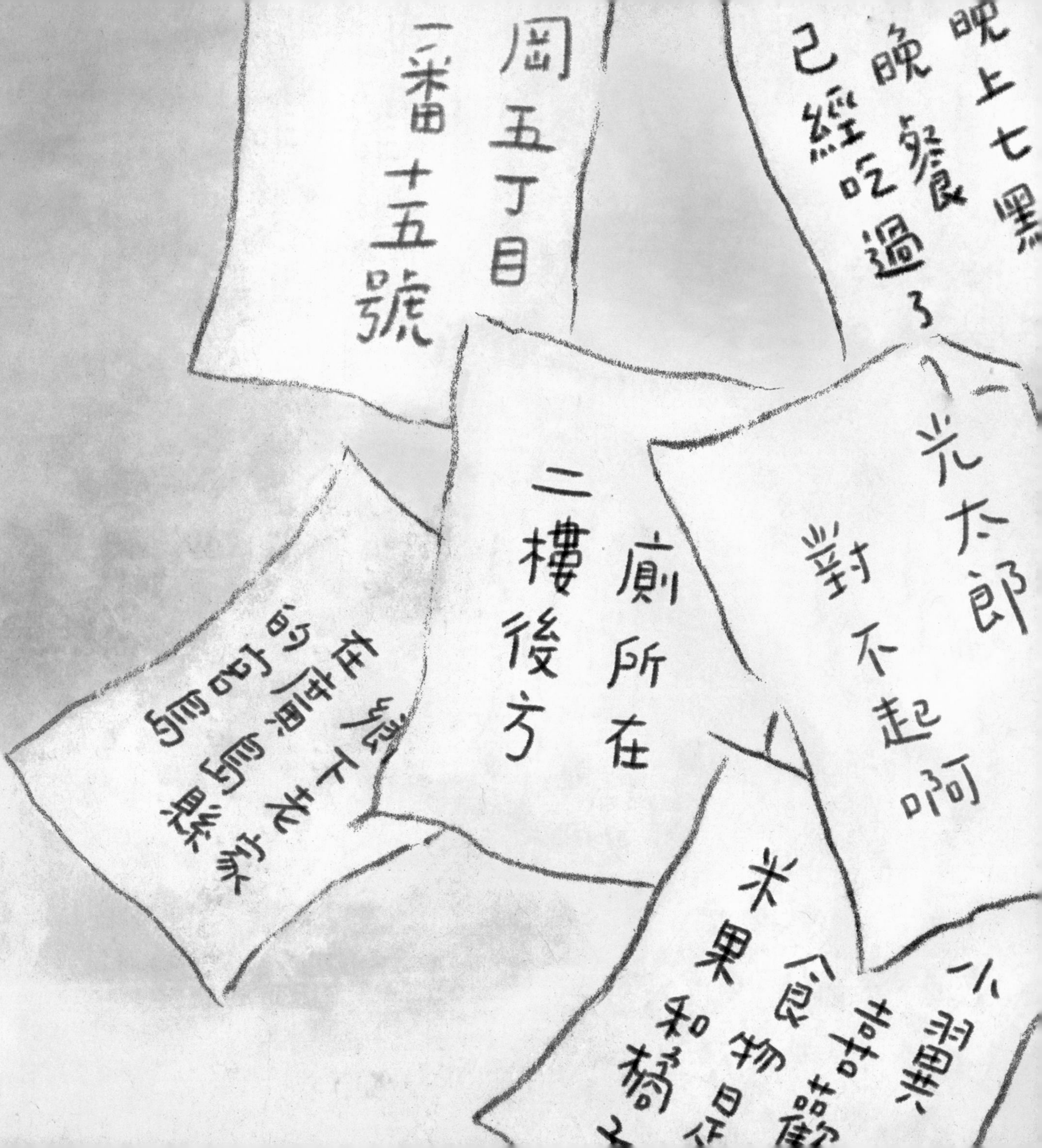

晚上七點
晚餐
已經吃過了
岡五丁目
一番十五號
光太郎
對不起啊
廁所在
二樓後方
在鄉下老家
小靈異
吉吉喜
食物
米果
和橘

不能忘掉的事情，
阿嬤全都寫下來，
有好多好多張便條紙。

——總是讓你操心，真抱歉！
——小翼是心地善良的孩子
——對不起！

阿嬤寫下好多好多道歉。
我根本就不是個心地善良的孩子。

我大大吸了一口氣，
把抽屜推了進去。

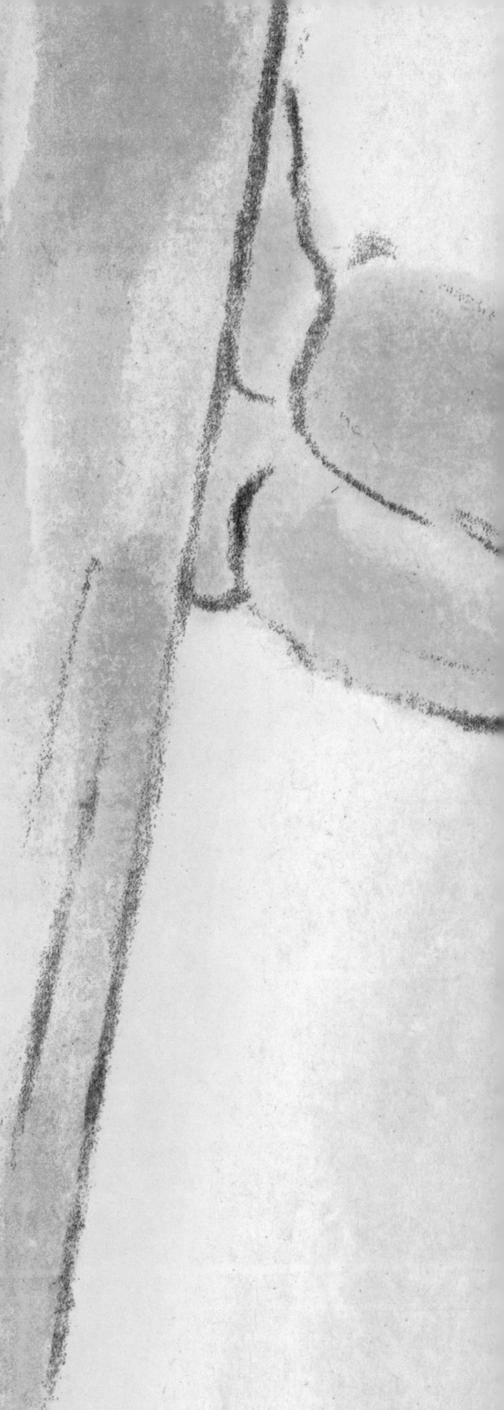

「我回來了！」
媽媽和警察先生一起回到家裡，
他們似乎還沒找到阿嬤。
外面天色漸漸暗了下來，
天空也飄起片片雪花。
爸爸急急忙忙的趕回來，
馬上又出門去找阿嬤了。

阿嬤的鞋子，
孤單的擺放在玄關。
外面天氣這麼冷，
阿嬤怎麼會沒穿鞋就出門了呢？

阿嬤不在家的夜晚，
我的腳好冰涼，凍得我怎麼睡也睡不著。

早晨太陽升起，外頭傳來麻雀嘰嘰喳喳的叫聲。
這時阿嬤在鄰居伯伯的陪伴下回家了。
「早上帶小狗散步時，發現阿嬤在我們家門前搖搖晃晃的走來走去。
原以為她老人家也要出門散步，可是一看到她的腳光溜溜的……」

我以為鄰居伯伯又要發脾氣，
沒想到他說：
「來，趕快幫阿嬤擦擦腳吧！」
鄰居伯伯的聲音好溫柔。

赤腳站在玄關的阿嬤，
看起來孤伶伶、十分不安的樣子。

阿嬤是不是一直在黑漆漆的路上走來走去，
找不到回家的方向呢？
一定很冷吧？
一定很害怕吧？
一定很不安吧？

「對不起。」

我為阿嬤冰冷的雙腳輕柔的套上襪子。

這時，阿嬤望著我說：
「阿嬤沒事沒事的！」
邊說邊輕輕摸摸我的頭。

作者的話

我的母親罹患的是「早發性失智症」，發病至今已有十五年。照護期間，常常有人對我說：「你真了不起啊！」可是，我根本談不上有多了不起。最初，我裝作沒察覺母親的健忘症狀，當母親病情加重時，甚至以工作忙碌為理由，將照護工作全權交給父親負責。母親因失智經常詢問相同的問題，每一次反覆的回答都讓人感到心力交瘁。漸漸的，母親無法自理的事情愈來愈多了，看到她日漸失能，總讓我內心感到好痛苦。也因此，儘管我就住在父母家隔壁幾步之遙，每每去探望他們都感覺腳步無比沉重⋯⋯

不久，母親出現出門散步卻無法自行返家的情況了。總是在左鄰右舍的幫忙下，將母親帶回家裡來。同時，全身上下也經常衣衫不整。一向打扮時髦得體的母親，彷彿變了個人似的，而我選擇視若無睹這樣的轉變。故事中的主角小翼，對阿嬤無法溫柔以對，其實描述的正是我的狀況。與阿嬤變得疏離，也是當時我的真實寫照。

大年初一晚上，母親又失蹤了。父親說：「每次不用多久就會回家的，這次都出門大半天了！」我們東奔西跑，拚命尋找所有可能出現的地方，卻遍尋不著。那天是個寒冷的日子。腦中一浮現母親忘了家在哪兒、不知道自己是誰。那走投無路、束手無策的身影，真教我情何以堪。終於，母親在九點多回家了！她的身體冷得直發抖、表情惶恐不安，那時候母親臉上的神情，至今仍難以忘懷！一直以來，母親始終守護著我，然而此刻我才意識到眼前的母親「應該由我們好好守護她」。我竟花了好長一段時間才領悟到。

若你身邊明明有需要好好守護的家人，卻像我和小翼一樣別開雙眼、無法正視這個事實，或是六神無主、不知該如何是好，衷心期盼這本書能陪伴在各位身旁。也許大家各自有難以言語的苦衷，可是只要打開心房跨出第一步，即便看似微不足道的小事，都沒有關係的！小翼幫阿嬤穿上襪子；我幫母親梳頭髮。由此開始，一步一步慢慢來。

常聽到有人對我說：「你真了不起啊。」或是「很辛苦勞累吧。」的確，照護工作十分勞心勞力，但是過程中我學到好多事，心中也感到踏實滿足。母親因為病情而漸漸面容呆滯，不過有時當我感到心力交瘁，母親竟會對我微微笑。我覺得是她在告訴我：「別哭喪著臉喔！」想著也就安心放鬆多了。原本該由我好好照顧母親的，但也許至今我仍被母親守護著。嗯，沒事的！今天也帶著笑容出發！

小木馬繪本屋 002

阿嬤，不要忘記我 ばあばは、だいじょうぶ

楠章子 著　石井勉 畫　陳瀅如 譯

社長 陳蕙慧／副總編輯 戴偉傑／責任編輯 戴偉傑／行銷企畫 姚立儷／美術排版 陳宛昀／讀書共和國集團社長 郭重興
發行人兼出版總監 曾大福／出版 木馬文化事業股份有限公司／發行 遠足文化事業股份有限公司
地址 231 新北市新店區民權路 108-4 號 8 樓／電話 02-2218-1417／傳真 02-8867-1065
Email service@bookrep.com.tw／郵撥帳號 19588272 木馬文化事業股份有限公司／客服專線 0800-2210-29
印刷 前進彩藝有限公司／2019（民 108）年 6 月初版一刷／2021（民 110）年12月初版四刷
定價 360 元／ISBN 978-986-359-682-0